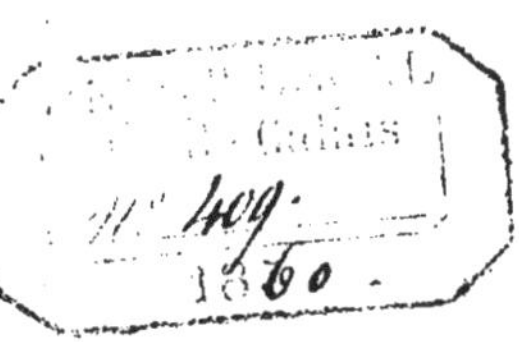

ESSAIS

POÉTIQUES.

MONTREUIL-SUR-MER,

TYPOGRAPHIE-LITHOGRAPHIE Jules DUVAL, RUE DES BARBIERS, 14.

1860.

L'ARABE.

Voulez-vous de l'Arabe un des portraits fidèles ?
Prenez-le quand la nuit a déployé ses ailes,
Suivez-le pas à pas, vous le verrez ramper
De vallon en vallon, de colline en colline,
Sans chemin, sans sentier, et qu'importe ! il chemine
Aux lieux où nous devons camper.

Pour bien l'apprécier il faut le voir en face,
Le dédain sur le front, dans son regard l'audace ;
Jamais rien ne pourra vaincre ce noble orgueil :
Il gardera pour nous une haine sauvage,
A moins que des revers nous chassent de sa plage
Ou qu'un de nos combats ne le plonge au cercueil.

Et de la sentinelle errant sur la montagne,
Il entendra le cri sans que la peur le gagne ;
Mais alors, en rampant, il avance au combat ;
Vise ensuite de l'œil sa longue carabine,
Et le plomb meurtrier laboure la poitrine
Du brave et vigilant soldat.

Cette alerte provoque une anxieuse attente,
Et nos soldats, soudain, abandonnent leur tente,
Accourent se ranger auprès de leurs faisceaux.
Malgré la sombre nuit, aussitôt l'on explore
Les environs du camp ; mais ce n'est qu'à l'aurore
Qu'apparaît l'ennemi groupé sur les côteaux.

Leurs chefs, au milieu d'eux, prêchent la guerre sainte,
Exaltent leur courage et dissipent leur crainte,
Promettent aux vaincus des hourris dans les cieux ;
Et ces hardis guerriers, imbus de fanatisme,
S'élanceront sur nous avec un héroïsme
Digne de leurs premiers aïeux.

Quel incroyable bruit ! quel terrible vacarme
N'entend-on pas ! alors qu'au premier cri d'alarme
Tous ces spectres hideux, revêtus de haillons,
Accourent effrénés à travers la broussaille,
Bravant le feu, le fer, et même la mitraille
Que vomissent les rangs de nos fiers bataillons.

Comme de vieux marins au bruit de la tempête,
Notre armée à leur vue exhale un cri de fête
Et la plus noble ardeur circule dans les rangs ;
Puis, nos jeunes héros, animés de courage,
Prennent, pour résister à ce terrible orage,
Le calme altier des conquérants.

Leur premier choc est dur ! terrible leur décharge !
Mais on crie: En avant !... Tambours battez la charge!...
Pareils à des lions rugissant de courroux,
Nos soldats, l'arme en main et la pointe inclinée,
Partout sèment la mort dans l'affreuse mêlée,
Et ce n'est qu'en fuyant qu'ils évitent nos coups.

Enfin, dans ces combats, notre armée aguerrie
Poursuit longtemps encor de son artillerie
Cet ennemi barbare et supertitieux ;
Qui devient plus poltron au premier choc des armes,
Qu'il n'a paru d'abord, au milieu des alarmes,
Entreprenant, audacieux.

Mais mieux que nos combats, les progrès, les lois sages,
Le contact de nos mœurs avec leurs mœurs sauvages,
Rendront notre pays paisible possesseur
De cette nation réputée orgueilleuse,
Qui, naguère ennemie, un jour calme et heureuse
Viendra tendre la main à la France, sa sœur.

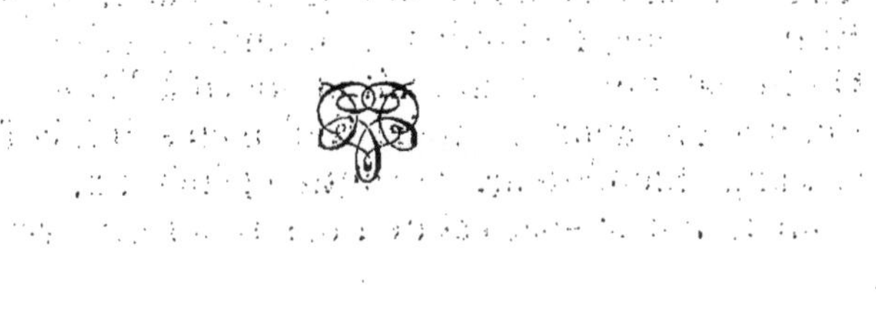

Constantine, 1844.

A MA COUSINE, A. CH.

A qui pardonne sur la terre
Dieu dans le ciel pardonnera.

S'il t'en souvient, enfant, quand disparut ton père (1)
Ton amour se porta tout entier sur ta mère :
Ta mère !... à ce doux nom je me sens transporté,
Et mon cœur, de bonheur, se soulève agité.
Oh ! c'est que ce nom plaît et sourit à l'âme
Comme un rayon d'espoir! Gloire en soit à la femme !
Cet ange bienfaiteur, ce soutien généreux,
Dont le but ici-bas est de nous rendre heureux.

Ta mère!... ingénieuse à cacher sa souffrance
Sous un riant visage, elle étouffe en silence
La douleur que ressent son cœur brisé, navré,
De l'abandon cruel de ce père adoré :
Mais elle implore Dieu de prolonger sa vie
Pour te la consacrer ; et de plus, elle oublie
Ses charmes, sa jeunesse et l'heureux avenir
Qu'elle rêvait la veille en t'écoutant dormir.

(1) Parti du pays, sans qu'on ait jamais pu savoir ce qu'il était devenu.

Laisse-moi te parler de toute sa tendresse,
De ses soins empressés, de sa vive allégresse
Quand, pour te rendre heureuse, elle essuyait tes pleurs
Elle apaisait tes cris et calmait tes douleurs :
Oh ! c'est alors, enfant, que ta mère était belle
De dévoûment, d'amour !... alors qu'à la mamelle,
Cette source de vie et de fécondité,
Elle étanchait ta soif au prix de sa santé !

Te souviens-tu, dis-moi, des jeux de ton jeune âge,
Ces plaisirs innocents des enfants du village,
Vos rondes à nu-pieds, vos bonds de chaque instant
Dont la voix égayait la cadence en chantant ?
Tu n'avais que huit ans, et déjà bien jolie,
Ta mère te baisait d'amour avec folie ;
Puis, pour guider tes pas, te prenait par la main,
Et des nobles devoirs te montrait le chemin.

Imite les leçons de ce noble modèle,
Et que ton cœur réponde à ce cœur qui l'appelle ;
Sur le sentier qu'il t'ouvre on ne peut s'égarer,
Son devoir, cher enfant, est de bien t'éclairer.
Tu possèdes vingt ans et les dons de jeunesse,
Esprit, grâce, beauté !... ton cœur, plein de tendresse,
Pourrait bien s'enflammer au prestige trompeur
De ce monde pervers au dehors séducteur.

Mais ta mère au cœur d'or, dont l'esprit droit et sage
A de tous les dangers garanti ton bas âge,
Saura bien détourner les perfides appâts,
Et les pièges trompeurs entr'ouverts sous tes pas :
Elle te prêtera son appui secourable,
Elle, dont la vertu ferait fuir le coupable,
Elle, dont le devoir est de te diriger,
Elle, dont le bonheur est de te protéger.

Que son bonheur est grand ! belle sa récompense !
Maintenant que l'objet de tant de bienveillance
La fait jouir du fruit de ses soins incessants,
Lui promet d'heureux jours pour dorer ses vieux ans;
Lui prédit l'avenir qu'elle rêvait sans cesse
Pour cet ange d'esprit, de beauté, de tendresse,
Pour sa fille chérie, aujourd'hui son seul bien,
Et toujours son amour, angélique lien.

O ma fille ! bénis cette mère chérie,
Qui t'a donné le jour et consacré sa vie
A ton seul avenir !... Dès à présent, dis lui :
« Mère ! je ne suis plus une enfant aujourd'hui !
» Pour remplir mes devoirs la force m'est donnée,
» Et je saurai finir ma noble destinée ;
» Un père se remplace ; une mère ?.... jamais !
» Pour toi seule, entends-tu, je vivrai désormais.

» Trop jeune encore, hélas! quand je perdis mon père,
» Permets que mon amour soit tout à toi, ma mère!
» Ecoute donc mes voeux, et je puis en former,
» Car ils viennent d'un cœur désireux de t'aimer :
» Je saurai te prouver que de l'ingratitude,
» Ce cœur ne pourra point contracter l'habitude ;
» Nous joindrons nos efforts, mon amour et le tien,
» Tu seras mon sauveur, je serai ton soutien. »

C'est bien ! enfant, très-bien ! et ta mère doit être
Orgueilleuse, contente, et jalouse peut-être
D'un semblable trésor, d'un bien si précieux,
Dont l'égale vertu ne se trouve qu'aux cieux ;
Aux cieux, où l'une et l'autre, après tant de souffrances,
Irez jouir en paix des justes récompenses ;
Car Dieu l'a dit : *Le ciel sera toujours ouvert*
A ceux qui, sur la terre, auront beaucoup souffert.

Paris, 1847.

LES GITANOS.

Et la mendicité
Est toujours interdite
Dans le département.

Chantons cette peuplade errante et vagabonde
Qui n'habite aucun lieu, mais qui partout abonde
En nombreuses tribus, exerçant tous les jours
Leur hideuse industrie à la ville, au village,
En traînant à leur suite un chétif attelage
Où grouille en glapissant le fruit de leur amours.

Race de maraudeurs à l'instinct de chouette,
A la faim de vautour, qui toujours en cachette
Se saisit du butin qu'elle peut rapiner;
Qui fait griller au feu, sans aucune vergogne,
Ou la proie enlevée, ou l'infecte charogne
Destinée au dîner.

Cette plèbe ambulante, image des misères,
Aux jambes et pieds-nus, au corps rongé d'ulcères
Que de sales haillons ne couvrent qu'à moitié;
Cette horde de gueux vit encore d'aumône,
Que par pure frayeur le campagnard lui donne
Quand il la voit venir implorer sa pitié.

C'est aux grands jours de foire ou de fêtes votives
Qu'il faut voir ces tribus sauvages, fugitives,
Etaler leur misère aux yeux des curieux :
Chacun parcourt la rue et les places publiques,
Exécutant des chants ou des danses comiques
D'un cynisme odieux.

Admirez cette fille à la peau basanée,
Au teint luisant, et qui, par la danse entraînée,
Tourne et bondit avec l'agilité d'un daim ;
Accompagnant du chant toutes ses pirouettes,
Ou du bruit cadencé d'un jeu de castagnettes :
Du fruit de son labeur elle assouvit sa faim !

Voyez-vous cette mère amenant avec elle
Une troupe d'enfants, dont deux à la mamelle ?
Elle vient mendier pour leur repas du soir :
Des effets en lambeaux pour unique tenue,
Elle vous les envoie, espérant que leur vue
Pourra vous émouvoir.

En se donnant la main, cette enfantine bande
S'accouple pour danser l'antique sarabande
Ou le voluptueux et lascif fandango ;
Et bientôt, à nu-pieds, la hideuse vermine
Se balance aux accords de quelque mandoline
Pendant que va quêter la vieille virago.

Ces gitans rabougris, à la mine suspecte,
Aux cheveux noirs, crépus et d'une odeur infecte,
Sont si maigres que l'œil souffre à les regarder ;
Et la plume ne peut que donner une ébauche
De ce triste tableau, d'un laid dont rien n'approche
Et qu'on ne peut sonder.

Que d'êtres scrofuleux et sevrés avant l'âge
On voit dans ces enfants, fruit du concubinage,
Que les misères ont encore efféminés !
Vienne un précoce abus de ces amours impures,
Que tolèrent les mœurs parmi ces créatures,
Il les aura bientôt à la tombe entraînés !

Quand arrive le soir, la bande aventurière,
Se retire au bivac qui leur sert de tanière
Pour supputer le fruit des recettes du jour,
Que le gitan en chef met dans son escarcelle ;
Et ce hideux commerce ainsi se renouvelle
Pendant tout leur séjour.

Pour gîte ils choisiront une vieille masure,
Ou quelque arbre touffu dont la fraîche verdure
Puisse les abriter de l'ardeur du soleil :
Ils tireront après du fond de leurs besaces,
L'aliment nécessaire à leurs désirs voraces,
Avant de rechercher les douceurs du sommeil.

Accroupis loin d'un feu que la brise tourmente,
L'un chante, l'autre crie, et l'enfant se lamente ;
L'âne brait à l'écart, prenant part au concert :
Jeunes filles, garçons, nécromans et sorcières
Forment, sans s'en douter, au reflet des lumières
Un vrai tableau d'enfer.

Boulou, Pyrénées-Orientales 1856.

A MADAME C....,

SUR LA

PERTE FATALE ET INATTENDUE

DE MADEMOISELLE D.... (1)

A vous! dont le cœur tendre
Est bien fait pour comprendre
Ces plaintes et ces pleurs !
A vous, à vous madame!
Car je sais que votre âme
A subi ces douleurs.

I.

O père malheureux ! ô mère infortunée!
Par quel funeste sort votre âme est condamnée
Aux navrantes douleurs!
Un moment a détruit toutes vos espérances
Et changé vos projets en mortelles souffrances,
Et votre joie en pleurs.

(1) Fille unique, morte empoisonnée par une erreur de pharmacien. (Voir les journaux du jour).

Vous dirai-je combien la fatale nouvelle
De ce malheur sans nom, de cette mort cruelle
Nous a tous consternés ?
Chacun s'est rappelé la perte déplorable,
Des parents, qu'au tombeau, la Parque inexorable
A naguère entraînés.

Qui n'a pas ressenti cette douleur extrême
Quand le mourant nous fait, à son heure suprême,
Ses éternels adieux !
Qui n'a pas éprouvé cette morne atonie,
Quand la mort a mis fin à sa triste agonie
En lui fermant les yeux !

Nous devons tous franchir ce terrible passage :
Le jeune et le vieillard, l'impudique et le sage
Marchent vers le tombeau ;
Sous chacun de leurs pas s'ouvre le sombre abîme,
Attendu que la Parque en frappant sa victime
La choisit au troupeau.

A de semblables coups aucun de nous n'échappe :
Notre vie ici bas n'est qu'une courte étape
Qui nous mène au cercueil.
Combien nous déplorons la perte si rapide
De cette belle enfant, qu'un poison homicide
Ravit à votre orgueil !

Mais de nos médecins, à quoi sert la science,
Si ce n'est pour aider leur docte expérience
De bon praticien ?
Et nul n'a pu trouver l'antidote applicable
Pour combattre l'erreur inouie, incroyable
De ce pharmacien ! (1)

(1) Ce mot ne s'emploie pas en poésie, mais j'ai été contraint de l'admettre ici.

Quelle fatalité pesait sur la famille !...
Ce père affligé, qui, pour soulager sa fille
D'un mal accidentel,
Reçoit sans s'en douter et prépare lui-même,
— Pour l'offrir aussitôt au pauvre enfant qu'il aime, —
Un breuvage mortel.

Au chevet de ce lit toutes les voix gémissent ;
Les prières, les cris, les sanglots retentissent,
Tous les cœurs sont navrés :
A tout soin impuissant, chacun se désespère
Et craint pour la raison de la mère et du père,
D'épouvante effarés.

Vains efforts, nul espoir, tout soin est inutile !...
Le poison goutte à goutte en son sang se distille
Et lui brûle le cœur :
Sur sa face livide ils en suivent l'empreinte,
Et tout cri douloureux qu'arrache son étreinte
Ajoute à leur terreur.

Pour ce cœur paternel, quelle angoisse terrible
De suivre l'œil hagard, cette agonie horrible
Approchant à grands pas !
Et quels déchirements pour la mère alarmée,
En pressant sur son sein sa fille inanimée
A l'heure du trépas

II.

Je ne viens pas t'offrir inconsolable mère,
Des adoucissements à ta douleur amère ;
En vain je le voudrais !
Il n'est pas de dictame à de telles blessures ;
Non, non ! rien ne pourrait tempérer les tortures
De tes sanglants regrets !

Pourtant, quand tintera le glas des funérailles,
Alors que les sanglots déchirent les entrailles
Dans un râle étouffant ;
Crains qu'à ce désespoir ton tendre cœur succombe,
Et que le fossoyeur ne creuse une autre tombe
Pour la mère et l'enfant.

Par excès de douleur, si, la tête étourdie
Et l'œil en feu, gonflé, la paupière alourdie
On succombe au sommeil ;
A tous vos sens l'oubli donne un moment de trêve
Et la réalité ne paraît plus qu'un rêve...
Rêve affreux au réveil !

Sa fille ! qu'en ses flancs neuf mois elle a portée,
Et longtemps sur son sein réchauffée, allaitée
Dans des transports secrets ;
Dieu vient de la ravir, — ô douleur maternelle ! —
Et d'ouvrir en son cœur une source éternelle
De pleurs et de regrets.

Ses yeux ne verront plus ici bas la lumière ;
Le sommeil de la mort leur ferme la paupière
Au printemps de ses jours.
Et si Dieu l'a ravie avant qu'elle fût femme,
C'est que Dieu réservait à cette candide âme
De plus chastes amours.

Entrant joyeusement à grands pas dans la vie,
A ceux qui l'ont connue elle faisait envie,
Sa gaîté les charmait ;
Et chacun admirait les grâces séduisantes
Qu'à sa fraîche beauté, qu'à ses formes naissantes
Chaque année imprimait.

Et d'elle l'on disait : Attendons ! avec l'âge
Ce bouton va s'ouvrir et s'étendre en feuillage
Comme une belle fleur ;
Mais la mort a soufflé sur cette tige frêle,
Et sa jeune âme a fui joyeuse, à tire-d'aile,
Vers un séjour meilleur.

Elle a fui, pour jamais, ses jours d'insouciance
Où s'épanouissait sa radieuse enfance
Comme un bluet d'azur ;
Oublieuse, vivant de l'heure qui s'envole ;
Elle a fui, le front ceint de la chaste auréole
De la vierge au cœur pur.

Elle quitte une vie en orages féconde,
Et pour elle aujourd'hui commence un autre monde,
Tu ne la verras plus :
Elle s'est envolée aux célestes phalanges
Pour rejoindre ses sœurs et ses frères, les anges,
Au séjour des élus.

O Marie ! ô bel ange ! aux pieds de son saint trône,
Pour ceux qui t'ont chérie implore ta patronne,
Qu'elle veille sur eux ;
Qu'elle fasse renaître en leur cœur solitaire
La paix, sinon l'oubli, pour qu'ici sur la terre
Ils soient moins malheureux.

Hesdin, 4 juillet 1860.

LES ENVIRONS D'HESDIN.

LA FORÊT.

I.

De mon indolence
J'interromps le cours,
Plus d'indifférence
Voici les beaux jours:
Ma muse m'inspire,
Je reprends ma lyre
Aux accords divers;
Mon esprit s'anime,
Je pressens la rime
Ainsi que le vers.

Fuyons, fuyons le bruit: courons hors de la ville
Respirer les parfums d'un air pur et tranquille
Sous quelque ombrage épais:
Oublieux des soucis que le devoir réclame,
Là, nous pourrons rêver et retremper notre âme
Aux douceurs de la paix.

Forêt silencieuse, aimable solitude,
Que j'aime à parcourir, libre d'inquiétude,
A l'ombre des ormeaux,
Tes tapis de verdure et tes sentiers paisibles,
Où frémissent au vent les guirlandes flexibles
De tes riants berceaux !

La forêt est partout encor favorisée
De ses couches de fleurs, — filles de la rosée
Et de l'astre du jour, —
Emaillant le gazon de leurs couleurs brillantes,
Comme un ciel parsemé d'étoiles scintillantes
Qui naissent tour à tour.

Une douce harmonie en ces lieux toujours règne ;
La source en pleurs sourit à l'oiseau qui s'y baigne
Ou qui fuit dans les airs ;
Et la brise ranime et mouille de son aile
Les plantes et les fleurs, et m'apporte avec elle
Mille parfums divers.

O sites ravissants ! délicieux ombrages !
Qu'il est doux de rêver sous vos épais feuillages
En vous ouvrant son cœur !
D'entendre vos soupirs, votre amoureux murmure ;
Ce langage éternel de la belle nature,
Ame du créateur !

L'onde sanglotte au loin et les oiseaux fredonnent,
La nature sourit, les insectes bourdonnent,
Tout fête ce beau jour !
Sur la pelouse assis, au frais, l'âme pensive,
Le cœur charmé, je prête une oreille attentive
A cette hymne d'amour.

L'inconstant papillon, de son aile brillante,
Courtise chaque fleur, caresse chaque plante
Aujourd'hui comme hier :
L'industrieuse abeille accourt de l'alvéole
Et vient de fleur en fleur, – entr'ouvrant leur corolle, –
Butiner pour l'hiver.

Tout me charme et me plaît, tant la nature est belle
Jusqu'à mon chien craintif, qui, dès que je l'appelle
Arrive en serpentant;
Lève sur moi ses yeux humides de tendresse,
Et, me léchant la main, implore une caresse,
D'effroi tout palpitant.

Sous les rameaux en fleurs, sous les vertes charmilles
Les rossignols cachés font entendre leurs trilles
Dans de joyeux concerts ;
Auxquels vient faire écho le chant de la fauvette,
Du merle ou du bouvreuil, ou bien de l'alouette
Qui plane dans les airs.

Tous ces hôtes ailés, instruits par la nature,
Construisent avec art pour leur progéniture
De gracieux berceaux :
L'un dérobe le sien sous la verte fougère,
Celui-ci le confie à la branche légère,
Et l'autre aux arbrisseaux.

Le père, prévoyant, cherche dans la campagne
La becquée et l'apporte à sa tendre compagne
A chaque instant du jour ;
Tandis qu'au nid, la mère abrite de son aile,
Réchauffe de son sein sa famille nouvelle,
Objet de son amour.

De leurs forces ayant atteint la plénitude,
Les nourrissons au nid, non sans inquiétude,
Cherchent à préluder
A des petits essors d'une aile défiante ;
Pour les renouveler sur la branche pliante
Avant de s'évader.

II.

Autant le ciel est pur que belle est la soirée !
Phébus, vers l'occident, suit la voûte éthérée
Sur son char radieux ;
Zébrant le vert gazon d'une vive lumière,
Empourprant dans ses murs la ville prisonnière,
Où brillent mille feux. (*)

Inondée au couchant de ses rayons obliques,
Elle prend un aspect vraiment des plus magiques ;
Car leur réflexion
Change chaque vitrage en immobile phare :
L'œil est émerveillé de cet effet bizarre
D'irradiation.

Quel ravissant tableau ! quelle belle peinture !
Une telle journée offerte à la nature
Est un don précieux :
L'on se sent réjoui par ces rayons de flamme,
Et l'on croirait que Dieu veut donner à notre âme
Un avant-goût des cieux.

Le peintre y trouverait, sous des teintes sans nombre,
De vifs jets de lumière et de beaux effets d'ombre,
Des horizons sans fin ;
Et le poëte, épris de ces beautés étranges,
Des inspirations pour chanter les louanges
De l'artiste Divin.

(*) Ancienne place forte.

Suivant dans ses détours sa course vagabonde,
La rivière en roulant fuit, tourbillonne et gronde
Se heurtant sur son bord :
A chacun de ses chocs l'eau s'élève brisée,
Et couvre le gazon d'une fraîche rosée
Aux belles perles d'or.

Son cours devient paisible et son onde plus belle ;
Les rayons du soleil se reflètent sur elle
En mobiles réseaux ;
Cet éclat radieux fuit à perte de vue,
Roule en flots irisés sur toute l'étendue
Du parcours de ses eaux :

Et sans cesse, et partout l'œil charmé se promène,
Contemplant ces lointains, ces côteaux, cette plaine,
Tous ces sites divers ;
Et ce vaste horizon, que notre vue embrasse,
N'est pourtant qu'un atôme en raison de l'espace
De l'immense univers.

III.

O puissante nature ! ô belle enchanteresse !
Plus longtemps on t'admire et plus on s'intéresse
A ta fécondité !
Quoi de plus ravissant que ces eaux fugitives,
Ces champs d'épis dorés ondulant sur leurs rives
Comme un lac agité !

Pour incliner mon âme aux douces rêveries,
J'aime égarer mes pas sur ces rives fleuries
A la fraîcheur du soir ;
Et voir les peupliers de ces bords pittoresques
Balancer mollement leurs tailles gigantesques
Au limpide miroir.

Les nuages du ciel, les contours de ses rives,
Offrent à mes regards leurs formes respectives
Sur ce lac transparent :
Chaque objet s'y reflète, et l'onde qui vacille
Reproduit dans son sein cette image mobile
En la dénaturant.

J'aime de parcourir ces riantes vallées,
De suivre les détours des routes isolées
Ou le cours des ruisseaux ;
De voir les papillons voltiger à la ronde,
Et couvrir de baisers les fleurs du bord de l'onde
Et des verts arbrisseaux.

A peine reposés, ils referment leurs ailes
Et se laissent bercer confondus avec elles
En aspirant leurs pleürs ;
Mais au plus léger bruit l'inconstant fuit la tige,
Et l'on croit voir encore une fleur qui voltige
Au milieu d'autres fleurs.

J'aime encore écouter à l'abri des charmilles,
Les rires éclatants des folles jeunes filles
Et leur babil joyeux ;
Cueillant sur le gazon de blanches pâquerettes,
Et des doigts effeuillant leurs doubles collerettes ;
Livre des amoureux.

Folles, de divulguer leurs secrets, leurs pensées
En consultant ces fleurs ; questions insensées
Qu'emporte le zéphyr,
Et qui laissent la joie ou le trouble en leur âme,
Selon que leur oracle encourage leur flamme
Ou dément leur désir.

Il n'est tel qu'un beau jour, qu'il naisse ou qu'il s'achève
Pour apporter la joie à toute âme qui rêve
Dans quelque lieu désert ;
Quand on aime des bois les voix mystérieuses,
Les rumeurs et les chants ; notes harmonieuses
D'un immense concert.

De la nuit sereine
Qui tombe des cieux,
La fraîcheur m'entraîne
Loin de ces beaux lieux :
Heures fortunées
Des belles journées
C'est trop vite fuir ;
Mais de votre ivresse
Mon esprit caresse
Le doux souvenir.

Hesdin, août 1860.

LE PONT-D'ARC. (ARDÈCHE).

Paysage unique, où tout paraît admirablement sauvage, affreusement grandiose; l'œil a tout vu, tout considéré, qu'il admire encore, qu'il contemple toujours.

Voyez ce pays enchanté!
Et de ce pont la majesté,
Où l'art, dans son architecture,
Est surpassé par la nature.
Quel magique pouvoir de sites gracieux
A décoré ces fertiles campagnes,
A creusé ces vallons, élevé ces montagnes
Pour l'unique plaisir des yeux!
Contemplez ce géant grotesque,
Où, sous la voûte de granit
De l'arche gigantesque,
L'hirondelle a construit son nid.
De l'artiste divin admirez les merveilles!
Sur ces gouffres voyez ces rochers suspendus,
Ces touffes d'arbrisseaux aux sommets confondus,
Asile des corneilles.

Mais pour jouir de ce site enchanteur,
Gravissez la hauteur,
Et vous direz combien est rare
Le désordre bizarre,
Et variés les champêtres tableaux
De ces riants côteaux,
Quand, de ce faîte, au loin votre œil s'égare
Parmi ces près, ces bois, ces roches et ces flots,
Et qu'il voit accourir, sur la rive profonde,
L'eau claire et vagabonde
Du ruisseau qui roule et tombe en grondant,
Réveillant les échos de ce bois solitaire,
De ces antres profonds qu'habite le mystère,
Où va ce bruit confus traîner en se perdant.

Ici l'arbre est taillé, là le bois sans culture,
Là-bas, c'est le sommet d'un antique château,
Plus loin, le toit fumeux d'une cabane obscure ;
Et sur ces bords à pic, broutant fleurs et verdure,
Du berger le troupeau
Se peint en miniature
Au fond de l'eau.
Oui, tout s'anime et tout varie,
Les fleurs émaillent la prairie,
Les oiseaux donnent leur concert,
Et, fuyant, l'onde mugissante
Vient caresser l'herbe naissante
Du gazon vert.

Que belle est la nature
Au déclin d'un beau jour,
Et fraîche la verdure
De ce riant séjour !

Quel bonheur de rêver sous ces sombres feuillages,
Respirant les senteurs des arbrisseaux sauvages
De ce site délicieux !
Quelle douce harmonie en ce lieu solitaire !
Tout ne semble-t-il pas proclamer à la terre
Qu'un beau jour est un don des cieux ?
Adieu rives fleuries,
Adieu pont et forêt,
Adieu mes rêveries,
Je vous quitte à regret.

A MON CI-DEVANT AMI**

Nuire par le mensonge ou par la médisance
Est d'un être envieux, méchant, vindicatif,
Et digne de mépris, puisqu'il est positif
Que souvent il n'éveille aucune méfiance :
C'est un vil assassin, dont l'arme meurtrière
Est plus terrible en main que celle du bandit ;
Car il la tient dans l'ombre et l'autre la brandit :
L'un frappe par devant et l'autre par derrière.

MARIE

ET LA FLEUR MARGUERITE.

Sur un lit de roseaux
L'onde pure
Murmure,
Glissant sur son penchant;
Et le roi des oiseaux,
A sa reine,
Egrène
Les perles de son chant.

Tout près, la jeune fille
Frétille
D'un petit air mutin,
Cueillant dans la prairie,
Fleurie,
Le livre du destin.

Son berger l'a surprise,
    Assise,
Des doigts interrogeant
La multiple couronne,
    Mignonne,
De ces boutons d'argent :

« Dis-moi, belle fleur blanche,
    Sois franche,
M'aimera-t-il.... *beaucoup* ? »
Et chaque pâquerette
    Répète
Tour à tour :.... « *Pas du tout.* »

Hélas ! fait l'imprudente
    Amante,
En rejetant les fleurs
Pour fuir, l'âme pensive,
    La rive,
Les yeux mouillés de pleurs.

Oh ! pourquoi ces cruelles
    Font-elles
Même aveu sans détour,

Quand tout dans la nature
Murmure
Les plus doux chants d'amour !

Sèche tes pleurs, Marie,
S'écrie
Le berger vivement ;
Car ces fleurs sont trompeuses,
Menteuses,
J'en fais ici serment.

Il l'étreint, la console,
Le drôle !
Et pour mieux l'apaiser,
Sur ses lèvres de rose
Dépose
Un amoureux baiser.

Toujours dans les roseaux
L'onde pure
Murmure,
Roulant sur son penchant ;
Et le roi des oiseaux,
A sa reine,
Egrène
Les perles de son chant.

LE RETOUR DE LA GUERRE.

A MA COUSINE.

Si pénible est l'absence,
Bien doux est le retour.

Jamais nulle autre, en aucun jour,
Maintenant que mon cœur espère,
Ne peut lui paraître aussi chère
Que toi, ma joie et mon amour !
Toi ! la compagne infortunée
D'une trop courte destinée
Qui, de regrets, remplit ton cœur ! (1)
Le mien, que l'égoïsme isole,
Aujourd'hui sensible au malheur,
A l'être en proie à la douleur,
Vient offrir le bien qui console.

(1) La perte d'un parent chéri.

Sur cette terre, où nous pourrons
Passer notre pélerinage,
Je veux charmer le cour voyage
Des moments que nous y vivrons :
A l'amitié toujours fidèle,
Je vais habiter auprès d'elle,
A chaque instant du jour la voir,
Et de la nuit attendre l'heure
Qui donne au cœur le doux espoir,
De ce tendre baiser du soir,
Qu'à ses lèvres ma bouche effleure.

J'irai provoquer ton réveil
Quand, rêveuse et l'âme oppressée
Par quelque trop noire pensée,
Tu souffriras d'un lourd sommeil :
De mon cœur la vive tendresse
Viendra dissiper la tristesse
D'un souvenir déjà lointain ;
C'est alors, qu'à tes matinées,
J'accourrai joyeux et certain
D'avoir le baiser du matin :
Ainsi couleront nos journées.

J. CHAROUSSET.

www.ingramcontent.com/pod-product-compliance
Ingram Content Group UK Ltd.
Pitfield, Milton Keynes, MK11 3LW, UK
UKHW021034260726
13994UKWH00005B/2154

9 782329 161037